내 몸속의 새를
꺼내주세요

내 몸속의 새를 꺼내주세요

문정희 페미시집
김원숙 그림

파랑북

책머리에

여기 실린 시편들은
펜으로 쓴 것이 아니라
피로 쓴 것들입니다.

슬픔과 자유
만 권의 사랑으로 지은
살아있는 궁전의 이야기입니다.

2018년 가을
문정희

1

—

슬픈 벼랑

유령   12

손톱   14

할미꽃   16

베개   18

작은 부엌 노래   22

중년 여자의 노래   24

딸기를 깎으며   26

할머니와 어머니   30

테라스의 여자   31

찬밥   32

거웃   34

집 이야기   36

탯줄   40

비극 배우처럼   42

어머니의 시   44

암소   46

오십 세   47

우리 순임이   48

2

—

이 눈부신 언어의 체위

보석의 노래   52

터키석 반지   54

간통   56

키 큰 남자를 보면   57

유방   60

평화로운 풍경   62

콧수염 달린 남자가   64

다시 알몸에게   65

남편   68

거짓말   69

군인을 위한 노래   70

치마   72

"응"   74

내가 입술을 가진 이래   76

부부   78

3

—

신과의 키스

새에게 쫓기는 소녀　　82

첫 만남　　84

딸아, 미안하다　　86

지금 장미를 따라　　90

강　　94

불을 만지고 노는 여자　　96

늑대 여자　　97

마리안느의 속치마　　98

퇴근 시간　　100

첫 불새　　102

아줌마　　104

문신이 있는 연인　　106

공항의 요로나　　108

내가 가장 예뻤을 때　　112

딸아　　114

천재들의 아내　　116

4
—

여자들에게 가을이 왔다

곡비哭婢   120

식기를 닦으며   122

처용 아내의 노래   124

남자를 위하여   127

다시 남자를 위하여   128

선글라스를 끼고   132

늙은 여자   134

머플러   136

물을 만드는 여자   137

공항에서 쓸 편지   138

화장을 하며   140

꽃의 선언   142

독수리의 시   144

여시인   148

나의 펜   149

결혼한 독신녀   150

나의 도서관   152

1

—

슬픈 벼랑

슬픈 벼랑

유령

I

나는 밤이면 몸뚱이만 남지

시아비는 내 손을 잘라 가고
시어미는 내 눈을 도려 가고
시누이는 내 말을 뺏아 가고
남편은 내 날개를
그리고 또 누군가 내 머리를 가지고
달아나서
하나씩 더 붙이고 유령이 되지

깨소금 냄새 나는
몸뚱이 하나만 남아
나는 밤새 죽지

그리고 아침 되면 다시 떠올라
하루 유령이 내가 되지
누군지도 모르는
머리를 가져간 그 사람 때문이지

II

사람들은 왜 밤에 더욱 확실해지는가
나는 또 누워서 천 리를 가지
죽은 내 머리 위엔 금관을 씌우고
또 하나의 머리 위엔 날개도 달고
또 하나의 머리 위엔 기와집 짓고
또 하나의 머리 위엔 왕자가 오는 길도 보이게 하고
또 하나의 머리 위엔 피리도 매달고
찬물도 떠 놓고 뱀도 키우고

이렇게 머리는 천 리를 가고
물고기 뼈도 닿지 않는 수심 천 리의 천 리를 가고
밤이면 서러운 몸뚱이만 남지
몸뚱이만 벌겋게 남아 뒤채이지

손톱

지는 저녁 해를 마주하고 앉아
팔순 어머니의 손톱을 자른다

벌써 하얀 반달이 떠오르는
어머니의 손톱을 자르면
세상의 바람 소리도
모두 잘리워 나간다

어쩌면 이쯤에서
한쪽 반달은 이승으로 떨어지고
또 한쪽은 어머니 따라
하늘로 가리

시시각각으로 강물은 깊어 가는데
이제 작은 짐승처럼
외로운 어머니의 등
은비늘처럼 부드러운 어머니의 손톱이 피울
저 먼 나라의 꽃은
무슨 색일까?

무슨 꽃이 어머니의 꽃밭에 피어나
날마다 그녀가 주는 물에
나처럼 가슴이 젖을까

흔들리며 흔들리며
팔순 어머니의 손톱을 자른다

할미꽃

이곳에 이르러
목숨의 우렛소리를 듣는다

절망해 본 사람은 알리라
진실로 늙어 본 이는 알고 있으리라

세상에서 제일 추운 무덤가에
허리 구부리고 피어 있는
할미꽃의 둘레

이곳에 이르면
언어란 얼마나 허망한 것인가

꽃이란 이름은 또 얼마나
슬픈 벼랑인가

할미꽃
네 자줏빛 숨결에
태양이 가라앉는다

베개

어느 해인가 어머니는
명주옷을 뜯어 오색 물을 들여
자신의 수의를 짓기 시작했다
치마, 저고리, 베개, 손싸개……
그리곤 한지에 이름을 오려 써서
사이사이 가지런히 꽂아 놓았다
틈만 있으면 어머니는
그것을 우리에게 보이고 싶어 했다
죽음을 나누고 싶어서였을까?
공포를 만져보고 싶어서였을까?
그때마다 오빠는 바쁜 척 사라져 버리고
나는 얼굴을 가리고
다른 방으로 도망쳐 버렸다
그래서 어머니는 사촌이나 오촌들이 오면
그것을 꺼내 놓았다
나는 죽음 옷 준비가 다 됐다고
날 받아 놓은 신부가
혼수를 펴 놓고 자랑하듯 했다
친척들은 모두 대접으로 고개를 끄덕이고는
볼 일이 있어서 곧 자리를 털고 일어섰다

그래서 어머니는 그것을
끈 떨어신 여행 가방에 담아
아파트 처마 밑에 매달아 놓고
하루에도 몇 번씩
"저기 있다, 잉"
"필요할 때 당황 말고 척 찾아 써라, 잉"
신신당부했다
어머니는 한 새벽에 우리에게
그것이 필요할 때를 남겨 주고
조용히 떠나갔다
삭은 낙엽처럼 가라앉았다
나는 손가락으로 처마 밑을 가리켰고
사람들은 그 가방을 열고 수의를 꺼냈다
아아, 거기에서 파르르!
한 마리 나비가 날았다
서툰 어머니의 조선 글씨가
포로롱거렸다
베개…… 베개…… 베개…… 베개 ……
어머니는 땅에 묻히고
나비는 남았다. 남아서는

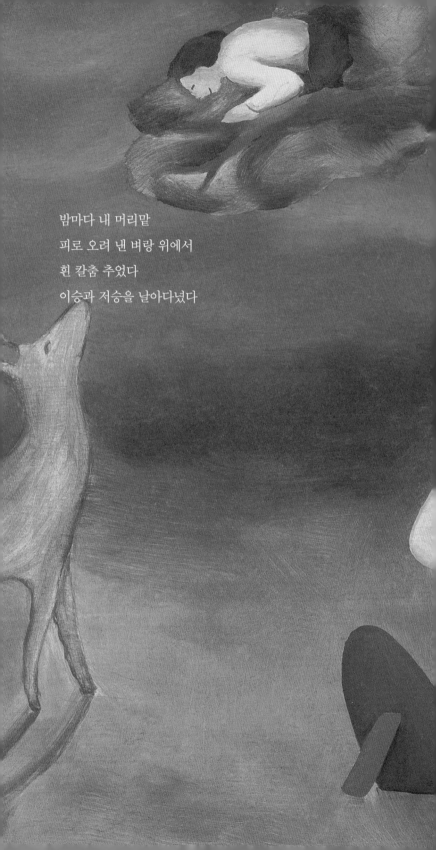

밤마다 내 머리맡
피로 오려 낸 벼랑 위에서
흰 칼춤 추었다
이승과 저승을 날아다녔다

작은 부엌 노래

부엌에서는
언제나 술 괴는 냄새가 나요
한 여자의 젊음이 삭아 가는 냄새
한 여자의 설움이
찌개를 끓이고
한 여자의 애모가
간을 맞추는 냄새
부엌에서는
언제나 바삭바삭 무언가
타는 소리가 나요
세상이 열린 이래
똑같은 하늘 아래 선 두 사람 중에
한 사람은 큰방에서 큰소리치고
한 사람은
종신 동침 계약자, 외눈박이 하녀로
부엌에 서서
뜨거운 촛농을 제 발등에 붓는 소리
부엌에서는 한 여자의 피가 삭은
빙초산 냄새가 나요
그런데 언제부터인가 모르겠어요

촛불과 같이
나를 태워 너를 밝히는
저 천형의 덜미를 푸른
소름끼치는 마고할멈의 도마 소리가
똑똑히 들려요
수줍은 새악시가 홀로
허물 벗는 소리가 들려와요
우리 부엌에서는……

중년 여자의 노래

봄도 아니고 가을도 아닌
이상한 계절이 왔다

아찔한 뾰족구두도 낮기만 해서
코까지 치켜들고 돌아다녔는데

낮고 편한 신발 하나
되는대로 끄집어도
세상이 반쯤은 보이는 계절이 왔다?

예쁜 옷 화려한 장식 다 귀찮고
숨 막히게 가슴 조이던 그리움도 오기도
모두 벗어 버려
노브라 된 가슴
동해 바다로 출렁이든가 말든가
쳐다보는 이 없어 좋은 계절이 왔다

입만 열면 자식 얘기 신경통 얘기가
열매보다 더 크게 낙엽보다 더 붉게
무성해 가는
살찌고 기막힌 계절이 왔다

딸기를 깎으며

우리 집 아이들은
딸기를 먹을 때마다
신을 느낀다고 한다

태양의 속살
사이사이
깨알 같은 별을 박아 놓으시고
혀 속에 넣으면
오호! 하고 비명을 지를 만큼
상큼하게 스며드는 아름다움
잇새에 별이 씹히는 재미

아무래도 딸기는
신 중에서도 가장 예쁜 신이
만들어 주신 것이다

그런데 오늘 나는 딸기를 씻다 말고
부르르 몸을 떤다
씻어도 씻어도 씻기지 않는 독
사흘을 두어도 썩지 않는

저 요염한 살기

할 수 없이 딸기를 칼로 깎는다
날카로운 칼로
태양의 속살, 신의 손길을 저며 낸다
별을 떨어뜨린다

아이들이 곁에서 운다

할머니와 어머니
— 나의 보수주의

공항을 떠날 때 등 뒤에다
나는 모든 것을 두고 떠나왔다
남편의 사진은 옷장 속에 깊이 숨겨 두었고
이제는 바다처럼 넓어져서
바람 소리 들려오는 넉넉한 나이도
기꺼이 주민등록증 속에 끼워 두고 왔다
그래서 큰 가방을 들었지만
날듯이 가벼웠다
내가 가진 거라곤 출렁이는 자유
소금처럼 짭짤한 외로움
이거면 시인의 식사로는 풍족하다
사랑하는 데는 안성맞춤이다
그런데 웬일일까
십수 년 전에 벌써 죽은 줄로만 알았던
우리 할머니와 어머니가
감쪽같이 나를 따라와
가슴 깊이 자리 잡고 앉아
사사건건 모든 일에 간섭하고 있다
두 눈 동그랗게 뜨고
조심조심 길 조심 짐승 조심
끝도 없이 성가시게 한다

테라스의 여자

마지막 화살을 쏘아 버린 퀭한 눈을 하고
긴 손톱으로 담배를 피우는 여자
아무렇게나 풀어헤친 머리칼
주름진 입술에 붉은 술을 붓는 여자
쉬운 결혼들, 그보다 더 쉬웠던 이혼들
그러나 모든 게 좋아
가끔 외롭지만 그것도 좋아
그 많은 상처와 그 많은 고백들은
무슨 꽃이라 부르는지 몰라도 좋아
덧없는 포옹, 바람처럼 사라진 심장 소리
말하자면 통속이지만
그 아픔이 모여 인생이 되지
도깨비바늘처럼 달라붙을까 봐
날렵한 농담으로 피해 가는 뒷모습들 바라보며
혼자 어깨를 들썩이며 웃는
테라스의 여자
생전 처음 만났는데
어디선가 많이도 보았던
수많은 저 여자

찬밥

아픈 몸 일으켜 혼자 찬밥을 먹는다
찬밥 속에 서릿발이 목을 쑤신다
부엌에는 각종 전기 제품이 있어
일 분만 단추를 눌러도 따끈한 밥이 되는 세상
찬밥을 먹기도 쉽지 않지만
오늘 혼자 찬밥을 먹는다
가족에겐 따스한 밥 지어 먹이고
찬밥을 먹는 사람
이 빠진 그릇에 찬밥 훑어
누가 남긴 무 조각에 생선 가시를 핥고
몸에서는 제일 따스한 사랑을 뿜던 그녀
깊은 밤에도
혼자 달그닥거리던 그 손이 그리워
나 오늘 아픈 몸 일으켜 찬밥을 먹는다
집집마다 신을 보낼 수 없어
신 대신 보냈다는 설도 있지만
홀로 먹는 찬밥 속에서 그녀를 만난다
나 오늘
세상의 찬밥이 되어

거웃

마지막으로 아래 털을 깎이었다

초경과 함께
수풀처럼 돋아난 거웃을
뱀의 비늘 같이 차가운 면도날이
스웃스웃
지나간 후
나는 털 없는 여자가 되었다

드디어 철 침대의 바퀴는
서서히 굴러
수술실이라 쓰인 문 안으로
들어갔다

자, 뭐냐?
이제 남은 것은?
오오, 몸서리친 한 덩어리 고기
곧 핏물을 흥건히 내뿜으리라

고무장갑과 칼과 핀셋이

신과 심각한 의논을 하는 동안

오직 공포 한 마리가
처절한 짐승처럼
한 생명을 지키고 있으리라

집 이야기

태어날 때부터 여자들은
몸 안에 한 채의 궁전을 가지고 태어난다
그래서 따로 지상의 집을 짓지 않는다
아시다시피 지상의 집을 짓는 것은 남자들이다
철근이나 시멘트나 벽돌을 등에 지고
한 생애를 피 흘리는
저 남자들의 집짓기, 바라보노라면
홀연 경건한 슬픔이 감도는
영원한 저 공사판의 사내들
때로 욕설과 소주병이 나뒹구는
싸움을 감내하며
그들은 분배를 위한 논리와
정당성을 만들기 위한 계략을 세우기도 하지만
우리가 사랑하는 남자들은
이내 철거되고야 말 가뭇한 막사 한 채를 위하여
피투성이 전쟁터에서 생애를 보낸다
일설에 의하면 그들은 자신들이 태어난
여자들의 궁전으로 돌아와
자주 죽음을 감수하곤 한다고도 하지만
역사는 아무리 생각해도 잘 모르겠고

그저 오묘할 뿐이다 태어날 때부터 몸 안에
궁전을 가지고 태어나는 인간의 종種이 있다니
그들이 오랫동안 박해를 받고
끝없는 외침에 시달리는 것도
생각해 보면 당연한 귀결인 것 같다

탯줄

대학병원 분만실 의자는 Y자였다
어디로도 도망칠 수 없는
새끼 밴 짐승으로
두 다리 벌리고 하늘 향해 누웠다

성스러운 순간이라 말하지 마라
하늘이 뒤집히는
날카로운 공포
이빨 사이마다 비명이 터져 나왔다
불인두로 생살 찢기었다

드디어
내 속에서 내가 분리되었다
생명과 생명이 되었다

두 생명 사이에는
지상의 가위로는 자를 수 없는
긴 탯줄이 이어져 있었다

가장 처음이자

가장 오래인 땅 위의 끈
이보다 확실하고 질긴 이름을
사람의 일로는 더 만들지 못하리라

얼마 후
환속한 성자처럼
피 냄새 나는 분만실을
한 어미와 새끼가
어기적거리며 걸어 나왔다

비극 배우처럼
— 검은 눈화장이 조금 흘러내린 포즈로

인생은 짧고 결혼은 왜 이리 긴가
가도 가도 벌판
허공은 또 왜 이리 많은가

새들아 대신 울어 다오
나 깊은 울음 더 퍼내기 싫어
앙상한 광채로 흔들리는 갈대들아
하늘 향해 미친 손을 휘저어 다오

봄은 가는데
꽃들은 얼마를 더 소리쳐야 무덤이 될까

자식이 있지만
그들은 우리의 자식이 아니야
다만 우리가 그들의 부모일 뿐

푸르고 무성한 나무에 입술을 대었다가
얼음 기둥에 혀가 붙어 버린
비극 배우처럼
사방은 알 수 없는 독백뿐이야

독백의 무게가 천둥처럼
하늘의 심장을 쾅쾅 때릴 뿐이야

어머니의 시

어머니의 위대함은 가엾음에 있다
이 시의 첫 줄을 써 놓고
한 시절을 보내고
이제 이렇게 풀어 나간다

어머니는 나처럼 시를 쓰지 못해
천둥과 번개를 침묵으로 만들어
목구멍 깊숙이 밀어 넣고 살았다

그. 리. 고.
고층 아파트에서 혼자 죽었다

한 남자가 짐승처럼 등을 구부리고
관을 지고 내려왔다
술 냄새 짙게 풍기며 고꾸라질 듯
층계를 내려오는
어머니의 죽음보다
더 슬픈 등

그 무량겁無量劫의 곡선을 내려오는 동안
나는 생애의 울음을 멈추어 버렸다

비로소 신의 손을 잡을 일밖에 없는
마지막 낮은 인간의 등

어머니는 나처럼 시를 쓰지 못해
시 대신 보여 준 끝 장면은 이것이었다

암소

정육점 붉은 진열장 안
쇠갈고리에 앙상한 뼈째로
걸려 있는 암소

살은 부위별로
벌써 다 저며 내고

이제 끓는 물에
뼈를 우릴 차례

어머니!
나도 몰래
그 이름을 부른다

오십 세

나이 오십은 콩떡이다
말랑하고 구수하고 정겹지만
누구도 선뜻 손을 내밀지 않는
화려한 뷔페상 위의 콩떡이다
오늘 아침 눈을 떠 보니 글쎄 내가 콩떡이 되어 있다
하지만 내 죄는 아니다
나는 가만히 있었는데 시간은 안 가고 나이만 왔다
앙큼한 도둑에게 큰 것 하날 잃은 것 같다
하여간 텅 빈 이 평야에
이제 무슨 씨를 뿌릴 것인가
진종일 돌아다녀도 개들조차 슬슬 피해 가는
이것은 나이가 아니라 초가을이다
잘하면 곁에는 부모도 있고 자식도 있어
가장 완벽한 나이라고 어떤 이는 말하지만
꽃병에는 가쁜 숨을 할딱이며
반쯤 상처 입은 꽃 몇 송이 꽂혀 있다
두려울 건 없지만 쓸쓸한 배경이다

우리 순임이

일찍이 농촌을 떠나와
그때 막 시작된 산업화 시대의 여직공이 되어
밤낮으로 수출 공장에서 일을 했던
우리 순임이

그녀의 거북 등같이 주름진 손을
오늘 저녁 TV에서 보았다

초로의 할머니가 되어 마을 회관에서
동네 노인들과 복분자 술을 나눠 마시고 있었다
동남아 며느리가 낳은
눈이 약간 검은 손자를 자애로이 품에 안고
글로벌 시대, 뭐 그런 이름은 굳이 몰라도 좋지만
넉넉하고 따스하게 다문화 가족을 이루며
그때처럼 국제화 시대를 먼저 살고 있었다

내가 대학을 나오고
세계 문학을 기웃거리며
흰 손으로 시를 쓰는 동안

2

—

이 눈부신 언어의 체위

보석의 노래

만지지 말아요
이건 나의 슬픔이에요
오랫동안 숨죽여 울며
황금 시간을 으깨 만든
이건 오직 나의 것이에요

시리도록 눈부신 광채
아무도 모르는
짐짓 별과도 같은
이 영롱한 슬픔 곁으로
그 누구도 다가서지 말아요

나는 이미 깊은 슬픔에 길들어
이제 그 없이는
그래요
나는 보석도 아무것도 아니에요

터키석 반지

사랑에 은퇴하고
가을 하늘처럼 투명해지면
터키석 반지 사러
터키에 가고 싶다

어느 슬픔의 바다에서 건져 올렸던가
천년 햇살에도 마르지 않는
깊은 눈을 가진 여자
푸른 물 소리 출렁이는
터키석 속에서 만나고 싶다

비둘기 떼 쏟아지는
위스크다르 항구에 닿고 싶다
실크로드 그 끝자락에는
동양과 서양의 온갖 보석들이
짧은 지상의 약속을
기다리고 있겠지

흙에도 귀가 달린 나라
터키에 가서

내가 나를 위해
터키석 반지 하나 사고 싶다

사랑에 은퇴하고
가을 하늘처럼 투명해지면

간통

내가 드디어 간통을 하고 말았구나
그런데 하필 이런 늙은 남자하고?
희끗하게 새벽이 와 닿는 침대 맡에서
반쯤 몸을 일으키다 말고
절망감에 다시 어깨를 눕힌다
밤새 소리도 없이 내려앉은
눈펄 같은 흰 머리칼
군살 낀 목덜미를 하고
입 떡 벌린 채 자고 있는
저 중년 남자는 누구인가
어쩌다가 여기까지 이르렀을까

묶어 놓은 줄을 풀어 놓아도
이제는 어디에도 가지 못하는
길 잘 든 오소리 같은 낯설고
낯익은 중년 사내 곁에서
섬뜩한 새벽 이불을 반쯤 들추다 말고
놀랍고 쓸쓸함에 깊이 얼굴을 파묻는다

키 큰 남자를 보면

키 큰 남자를 보면
가만히 팔 걸고 싶다
어린 날 오빠 팔에 매달리듯
그렇게 매달리고 싶다
나팔꽃이 되어도 좋을까
아니, 바람에 나부끼는
은사시나무에 올라가서
그의 눈썹을 만져 보고 싶다
아름다운 벌레처럼 꿈틀거리는
그의 눈썹에
한 개의 잎으로 매달려
푸른 하늘을 조금씩 갉아먹고 싶다
누에처럼 긴 잠 들고 싶다
키 큰 남자를 보면

유방

윗옷 모두 벗기운 채
맨살로 차가운 기계를 끌어안는다
찌그러지는 유두 속으로
공포가 독한 에테르 냄새로 파고든다
패잔병처럼 두 팔 들고
맑은 달 속의 흑점을 찾아
유방암 사진을 찍는다
사춘기 때부터 레이스 헝겊 속에
꼭꼭 싸매 놓은 유방
누구에게나 있지만 항상
여자의 것만 문제가 되어
마치 수치스러운 과일이 달린 듯
깊이 숨겨 왔던 유방
우리의 어머니가 이를 통해
지혜와 사랑을 입에 넣어 주셨듯이
세상의 아이들을 키운 비옥한 대자연의 구릉
다행히 내게도 두 개나 있어 좋았지만
오랫동안 진정 나의 소유가 아니었다
사랑하는 남자의 것이었고
또 아기의 것이었으니까

하지만 나 지금 윗옷 모두 벗기운 채
맨살로 차가운 기계를 안고 서서
이 유방이 나의 것임을 뼈저리게 느낀다
맑은 달 속의 흑점을 찾아
축 늘어진 슬픈 유방을 촬영하며

평화로운 풍경

대낮에 밖에서 돌아온 한 남자가
넥타이를 반만 푼 채
거실 소파에서 졸고 있다
침을 조금 흘리며 가랑이를 벌리고
나와 같은 주걱으로 밥을 퍼서 먹은 지
20년이 넘은 남자
가끔 더운 체온을 나누기도 하지만
여전히 끌려온 맹수처럼
내가 만든 우리 주위를 빙빙 도는 남자
비가 오는 날엔 때로
야성의 습성을 제 새끼들을 향해
으헝으헝 내지를 때도 있지만
어차피 나는 다소 위선으로 살기로 했다
증류수에는 물고기가 살 수 없듯이
적당히 불순한 것도 좋다. 그래서는 아니지만
나는 숱한 모반으로 저녁밥을 지었다
그 남자가 조금 후 오후 1시가 되면
어떤 젊은이의 결혼식 주례를 설 것이다
결혼은 두 남녀가 한 개의 별을 바라보며
걸어가는 것이라고 아름다운 상징을 써서

축복할 것이고
일심동체가 되어 가는 과정이라고
점잖게 훈계할 것이다
한 남자가 대낮에 들어와 넥타이를 반만 푼 채
침을 조금 흘리며 소파에서 졸고 있다

콧수염 달린 남자가

콧수염 달린 남자가
키스를 하자고 하면
어떻게 할까
구둣솔처럼 날카로운 수염이
입술을 뚫고 들어와
갑자기 내 인생을 쓱쓱 문질러 준다면
놀랄 일이야
보수주의와 위선으로 무성한
은사시나무를 뿌리째 흔들며
바람 부는 날
그의 눈이 숫말의 눈처럼 껌벅거리다가
내 어깨에다 뜨거운 눈물이라도 한 방울 흘린다면
그의 겨드랑이에서 풍겨 나는
쉰내가 나의 삶의 코를 틀어막는다면
그렇게 화해에 이르고 말까
언젠가 무주 구천동에서 보았던
열녀비처럼 그 자리에 그대로 서 있어 버릴까

다시 알몸에게

아침에 샤워를 하며
알몸에게 말한다
더 이상 나를 따라오지 마라
내가 시인이라 해도
너까지 시인이 되어서는 안 된다
어제 나는 하루에 세 살을 더 먹었다
문득 그랬다
이제 백 년 묵은 여우가 되었다
그러니 알몸이여, 너는 하루에 세 살씩 젊어져라
너만큼 자주 나를 배반한 것은 없었지만
네 멋대로 뚱뚱해지고
네 멋대로 주름이 생겼지만
나의 시가 침묵과 경쟁을 하는 사이
네 멋대로 사내를 만났지만
그래도 그냥 너는 알몸을 살아라
책상보다 침대에서
양귀비꽃 머리에 꽂고 싱싱하게
나의 방앗간, 나의 예배당이여

남편

아버지도 아니고 오빠도 아닌
아버지와 오빠 사이의 촌수쯤 되는 남자
내게 잠 못 이루는 연애가 생기면
제일 먼저 의논하고 물어보고 싶다가도
아차, 다 되어도 이것만은 안 되지 하고
돌아누워 버리는
세상에서 제일 가깝고 제일 먼 남자
이 무슨 원수인가 싶을 때도 있지만
지구를 다 돌아다녀도
내가 낳은 새끼들을 제일로 사랑하는 남자는
이 남자일 것 같아
다시금 오늘도 저녁을 짓는다
그러고 보니 밥을 나와 함께
가장 많이 먹은 남자
전쟁을 가장 많이 가르쳐 준 남자

거짓말

가령 강남 어디쯤의 한 술집에서
옛사랑을 다시 만나
사뭇 떨리는 음성으로
"그동안 너를 잊은 적이 없다."고 고백한다면
그것은 참말일까
그 말이 곧 거짓임을 둘 다 알아차리지만
그 또한 사실은 아니어서
안개 속에 술잔을 부딪칠 때
살아온 날들은 거짓말처럼
참말처럼 사라지고
가령 떠내려가 버린 그 많은 말들의 파도를
그 덧없음을
그것을 알아차렸을 때
그때 우리는 누구일까
시인일까

군인을 위한 노래

당신들은 모르실 거예요
이 땅에 태어난 여자들은
누구나 한때 군인을 애인으로 갖는답니다
이 땅의 젊은 남자들은
누구나 군사분계선으로 가서
목숨을 거기 내놓고 한 시절
형제라고 부르는 적을 향해 총을 겨누고
절박하게 고통과 그리움을 배운답니다
그래서 이 땅의 여자들은
소녀 때는 군인에게 위문편지를 쓰고
처녀 때는 군대로 면회를 간답니다
그 시차 속에 가끔 사랑이 엇갈리는 일도 있어
어느 중년의 오후
다시 돌아설 수 없는 길목에서
군복 벗은 그를 우연히 만나
서로 어쩔 줄 몰라 하며
속으로 조금 울기도 한답니다
서로의 생 속에 군사분계선보다 더 녹슨
어떤 선을 발견하고 슬퍼한답니다
당신들은 모르실 거예요

이 땅의 여자들은
누구나 한때 군인을 애인으로 갖는답니다

치마

벌써 남자들은 그곳에
심상치 않은 것이 있음을 안다
치마 속에 확실히 무언가 있기는 있다
가만두면 사라지는 달을 감추고
뜨겁게 불어오는 회오리 같은 것
대리석 두 기둥으로 받쳐 든 신전에
어쩌면 신이 살고 있을지도 모른다
그 은밀한 곳에서 일어나는
흥망의 비밀이 궁금하여
남자들은 평생 신전 주위를 맴도는 관광객이다
굳이 아니라면 신의 후손인지도 모른다
그래서 그들은 자꾸 족보를 확인하고
후계자를 만들려고 애를 쓴다
치마 속에 확실히 무언가 있다
여자들이 감춘 바다가 있을지도 모른다
참혹하게 아름다운 갯벌이 있고
꿈꾸는 조개들이 살고 있는 바다
한번 들어가면 영원히 죽는
허무한 동굴?
놀라운 것은
그 힘은 벗었을 때 더욱 눈부시다는 것이다

"응"

햇살 가득한 대낮
지금 나하고 하고 싶어?
네가 물었을 때
꽃처럼 피어난
나의 문자
"응"

동그란 해로 너 내 위에 떠 있고
동그란 달로 나 네 아래 떠 있는
이 눈부신 언어의 체위

오직 심장으로
나란히 당도한
신의 방

너와 내가 만든
아름다운 완성

해와 달
지평선에 함께 떠 있는

땅 위에 제일 평화롭고
뜨거운 대답
"응"

내가 입술을 가진 이래

내가 입술을 가진 이래
사랑한다는 말을 한 적이 있다면
해가 질 때였을 것이다
숨죽여 홀로 운 것도 그때였을 것이다

해가 다시 떠오르지 않을지도 몰라
해가 다시 떠오르지 않으면
당신을 못 볼지도 몰라
입술을 열어
사랑한다고 사랑한다고 말한 적이 있다면……

한 존재가 흔적도 없이 사라지고 말 것을
꽃 속에 박힌 까아만 죽음을
비로소 알며
지는 해를 바라보며
나의 심장이 지금 뛰는 것을
당신께 고백한 적이 있다면……

내가 입술을 가진 이래
절박하게 허공을 두드리며

사랑을 말한 적이 있다면
그것은 아마 해가 질 때였을 것이다

부부

부부란 여름날 멀찍이 누워 잠을 청하다가도
어둠 속에서 앵 하고 모기 소리가 들리면
순식간에 합세하여 모기를 잡는 사이이다

많이 짜진 연고를 나누어 바르는 사이이다
남편이 턱에 바르고 남은 밥풀만 한 연고를
손끝에 들고 나머지를 어디다 바를까 주저하고 있을 때
아내가 주저 없이 치마를 걷고
배꼽 부근을 내미는 사이이다
그 자리를 문지르며 이달에 사용한
신용카드와 전기세를 함께 떠올리는 사이이다

결혼은 사랑을 무화시키는 긴 과정이지만
결혼한 사랑은 사랑이 아니지만
부부란 어떤 이름으로도 잴 수 없는
백 년이 지나도 남는 암각화처럼
그것이 풍화하는 긴 과정과
그 곁에 가뭇없이 피고 지는 풀꽃 더미를
풍경으로 거느린다
나에게 남은 것이 무엇인가를 생각하다가

네가 쥐고 있는 것을 바라보며
손을 한번 쓸쓸히 쥐었다 펴 보는 사이이다

서로를 묶는 것이 거미줄인지
쇠사슬인지는 알지 못하지만
부부란 서로 묶여 있는 것만은 확실하다고 느끼며
오도 가도 못한 채
죄 없는 어린 새끼들을 유정하게 바라보는
그런 사이이다

3

——

신과의 키스

새에게 쫓기는 소녀*

　풀들은 푸들푸들 떨고만 있었다. 치마에서 꽃들이 일제히 뛰어나와 눈을 동그랗게 뜨고 뛰어다녔다. 총도 소녀를 구해 주진 못했다. 햇빛은 사방으로 빠져나가고 소녀는 쪼였다. 오, 열쇠 열쇠, 땀방울들이 소리를 질렀다. 소녀 눈에서 마지막 눈물이 뚝! 떨어져 나무 끝에 빨갛게 매달려 버렸다. 사방에 흩어지는 깃털, 종이 울리고 긴 강이 흉흉한 걸음으로 흘러가고 있었다.

*파울 클레의 그림 〈새에게 쫓기는 소녀〉.

첫 만남
— 릴케를 위한 연가

열일곱 살의 우수가 바스락거리는 가을밤
철 이른 추위처럼 스며 왔던 그대
온몸이 떨리었지. 오래된 여학교 그 강당에서

그날 초대 시인은 머리를 상고로 깎은
우리의 시인 목월이었고
그와 함께 온 사내는
동구에서 온 눈이 큰
라이너 마리아 릴케, 바로 그였지

소녀여
시인이란 왜 그대들이 고독한지
그것을 말할 수 있기 위해
그대들한테 배우는 사람들이오

세상의 모든 들풀이 서걱거리고
세상의 모든 새들이 한꺼번에 날아올라
나는 그만 소녀가 아니라 살로메가 되었지
릴케, 그 사내를 독점하고 싶었지

불길한 운명을 우려하는
목월의 눈매에도 아랑곳없이
그 사내를 대담하게 사랑하기 시작했네
그날 밤부터 나는 시인이고 말았네
라이너 마리아 릴케, 그를 만난
열일곱 살의 가을밤부터

딸아, 미안하다

— 매주 수요일 정오, 서울 안국동 일본 대사관 앞에는
  흰옷 입고 종군 위안부 여성들이 모인다.

딸아, 미안하다

오늘 나는 이렇게 말해야 한다

무능한 나라의 치욕과

적국을 향한 분노로 소리 지르다 말고

나는 목젖을 떨며 깊이 울어야 한다

기실 나는 민족을 잘 모른다

그 민족의 주체가 남성인 것도 모른다

다만 오늘 네 앞에 꿇어 엎드려

울음 우는 것은

나의 외면과 나의 망각을 다시 꺼내 놓고

사죄하는 것은

네 존엄과 네 인격을 전리품으로 가져간

일본군보다 더 깊게

나의 무지와 독선이 슬프기 때문이다

심청을 팔고, 홍도를 팔고 살아난 아비와 오빠

기생과 놀며 풍류를 더하고

그녀들을 화류로 내던진 이 땅의 강물이

부끄럽기 때문이다

결국 강압과 사기로 세계에도 유례없는 성 노예 집단인

적국 군대의 종군 위안부로 보내진 내 딸아

민족보다도, 그 민족의 주체인 남성의 소유물이
상처를 입은 그 어떤 수치심보다도
내 딸의 존엄과 내 딸의 인격이 전리품으로 능욕당한
그 앞에 나는 무릎 꿇어 사죄한다. 진심으로
미안하다, 딸아

지금 장미를 따라
— 프리다 칼로*의 집에서

유명한 여자의 집은
으깨어진 골반 위에 세워진다

초겨울을 난타하는 카리브 바람 속에
음지식물처럼 소리 없이 절규하는
한 여자의 집

머리핀과 레이스 속옷
입술 자국 아직 선명한 찻잔 사이
가슴 터진 석류가 왈칵 슬픔을 쏟고 있다

이마에 박힌 호색한 남편은 신이요 악마
결혼은 푸른 꽃 만발한 고통의 신전

피 흐르는 자궁을 코르셋으로 묶어 놓고
침대에 누워
그림만 그림만 그리다가
강철같이 찬란한 그림이 된
한 여자의 집

아무것도 없었다
사랑도 광기도 혁명도
무엇으로 쏠어야 이리 없는 것인지
빈 뜰인지

시간이 있을 때 장미를 따라
지금을 즐겨라**
해골들만 몸 비틀며 웃고 있었다

* Frida Kahlo: 멕시코의 여성 화가(1907~1954).
** 카르페 디엠.

강

어머니가 죽자 성욕이 살아났다
불쌍한 어머니! 울다 울다
태양 아래 섰다
태어난 날부터 나를 핥던 짐승이 사라진 자리
오소소 냉기가 자리 잡았다

드디어 딸을 벗어 버렸다!
고려야 조선아 누대의 여자들아, 식민지들아
죄 없이 죄 많은 수인囚人들아, 잘 가거라
신성을 넘어 독성처럼 질긴 거미줄에 얽혀
눈도 귀도 없이 늪에 사는 물귀신들아
끝없이 간섭하던 기도 속의
현모아, 양처야, 정숙아,
잘 가거라. 자신을 통째로 죽인 희생을 채찍으로
우리를 제압하던 당신을 배반할 수 없어
물밑에서 숨 쉬던 모반과 죄책감까지
브래지어 풀듯이 풀어 버렸다

어머니 장례 날, 여자와 잠을 자고 해변을 걷는 사내*여
말하라. 이것이 햇살인가 허공인가

나는 허공의 자유, 먼지의 고독이다
불쌍한 어머니, 그녀가 죽자 성욕이 살아났다
나는 다시 어머니를 낳을 것이다

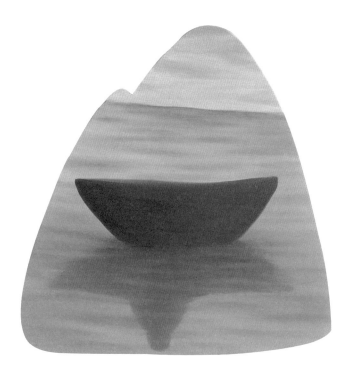

불을 만지고 노는 여자

여자가 낳은 자식은 여자의 자식, 사내들은 무언가 한 방울 섞었지만 증명할 길이 없어 자신의 성씨姓氏를 부여했다. 어머니는 위대하고 모성애는 성스럽다며 굴레 씌어 가두어 버렸다.
— 엥겔스, 엘리자베스 바뎅데르

여자가 시를 쓰는 것은
불을 만지고 노는 것과 같다
몸속에 키운 천둥을 홀로 캐내는 일과 같다
소리 없이 비명처럼 내리는 비로
땅 위에 푸른 계절을 만드는
여자가 시를 쓰는 것은
비상벨을 눌러
감히 신과 키스를 하려는 것과 같다
이것은 죄는 아니지만 위험한 일이므로
문학사는 오랫동안
여자의 시를 역사 밖으로 던져 버렸다
여자의 시는 비와 눈과 안개와 폭풍처럼
천재지변처럼
우주를 떠돌았다
문학사의 낡은 페이지보다
눈부신 처녀림으로

늑대 여자

늑대를 숲 속의 빈터*라고 생각해 보자
사랑 때문에 심장을 도려낸 여자라고 생각해 보자
가보家寶로 내려오는 북을 찢고
적국의 밀림 속에 신방을 차린
번개나 태풍!
울부짖는 달그림자라고 생각해 보자

빙하기가 끝나 이윽고 흙 속에서 떠오르는
여자 시인의 족보에서 찾아보자
그녀가 아이를 만들 때
신은 관객! 침묵과 상처를 물어뜯으며
그녀가 시를 만들 때
천둥이 되어 계곡을 굴러갈 때
번쩍이는 야성의 물결이라
핏빛 위험한 노래라 생각해 보자

* 마크 롤 랜즈의 『철학자와 늑대』에 나오는 구절.

마리안느의 속치마
— 프랑스 우표에 부쳐

속치마는 달이 차고 기우는 것이 보이는 바다
야생을 감싸는 그림자 숲이다
레이스로 지은 암컷들의 숙소이다

가끔 비밀 무기들이 출몰하여
부서뜨린 궁전의 커튼이다
그 커튼을 젖히고 보면 뜻밖에
젖통 아닌 전통이 흐르고 있음을 알게 된다

속치마 벗어 버리고
두려움도 벗어 버려라
햇살 아래 자유로운 젖가슴들아

오늘 새로 나온 프랑스 우표 속에서
출렁이는 자연스런 구릉과 광활한 대지여

좁고 음침한 골목에서 음낭 하나로
거드름을 피우던 수염쟁이들이
편지를 부칠 때마다
마리안느,* 그녀의 엉덩이를 핥게 될 것 같다

* 프랑스 혁명 정신인 자유·평등·박애를 상징하는 여성상. 페멘(Femen)이라는
  단체는 외설과 성 착취로 이용당한 여자의 몸을 여자에게 돌려주자는 구호를 외
  치며 거리에서 옷을 벗었다. 그때 옷을 벗은 반라의 여성이 프랑스 우표에 얼굴
  (2013. 7.)로 등장했다. 자작시 「속치마」를 다시 뒤집은 시임을 밝힌다.

퇴근 시간
― 신사임당이 어우동에게

저녁 현관문이 열리고 결혼이 들어온다
추위와 무더위 속에서도 굳건한 고려와 조선과
일렬횡대의 전주 이씨 족보가
든든한 서방님이 돌아오신다
신사임당이 어우동에게
시詩를 숨기고 나가 있으라 눈짓한다
신사임당이 소매를 걷고 부엌으로 들어간다
풋고추 도마 위에 난도질하여 찌개를 끓인다
우리의 하늘이 전쟁터에서
오늘도 무사히 돌아오셨다
몇 가지 전리품을 챙겨 넣었는지
그의 어깨가 유난히 무거워 보인다
조요로운 가화만사성 속에
찌개가 요동을 치며 끓어 넘친다
신사임당의 행복이 청국장처럼 보글보글 끓는다
어우동이 저만치 코를 막고 물러서 있다

첫 불새
— 정월 나혜석 언니에게

이 길에 핀 꽃들은
눈 가진 자에게만 불을 보여 준다
천년 빙벽에 온몸을 던진
첫 불새를 볼 수 있는 이 아직 많지 않다
여성은 홀로 태양이다
여성은 그림자를 따라 도는 달이 아니다
큰 눈을 뜨고 이 땅에 돌아와
먼 나라 블루 스타킹*도
히라쓰카 라이초의 세이토**도 놀랄
눈부시고 새로운 하늘, 맨몸으로 열어젖히다가
무연고 병동에서 행려병자로 사라진 날개!
하지만 아직도 해가 아니라
해 주위를 빙빙 돌거나
제비족들에게 혼수를 바리바리 싸 들고 가는
기생寄生과 기생妓生족들 우글거리는 땅
드디어 대통령도 여자라지만
젠더냐? 섹스냐? 달맞이꽃 잡풀들 무성한 사계이다
천년 빙벽에 박힌 이 땅의 첫 불새!
그리운 우리 나혜석 언니!

* 18세기 영국에서 문학 하는 여자를 경멸적으로 이르던 말.
** 1911년 독립적인 존재로서의 여성을 선언했던 일본의 인권 운동가 히라쓰카
　라이초(平塚雷鳥, 1886~1971)가 펴낸 잡지《청탑靑鞜》. 나혜석에게 큰 영
　향을 줌.

아줌마
— 인류학자 벤자민 주아노에게

허공으로 뻗친 팽나무의 힘으로
어느 노을인들 감아올리지 못하리
꼬불거리는 파마머리 둔중한 허리로 늘 뒷줄에 서서
속으로 비명을 녹이다가
할 수 없이 차지한 펑퍼짐한 그늘
염치도 예의도 교양도 버리니
고무줄 바지처럼 편하고 뻔뻔한 오후

내 손으로 다려 입힌 흰 와이셔츠와 넥타이들이 만든
문밖은 늘 전쟁터요 뻘 같은 장터여서
달팽이처럼 집과 새끼들 송두리째 머리에 이고
막무가내 두 팔 휘젓고 걸어가느니
당신이 어찌 알까?
6·25 5·16…… 88대교 빨리빨리 건너고 건너
이 땅에는 남자와 여자 그리고 아줌마라는
또 하나의 종족이 있다는 것을

문신이 있는 연인
― 페기 구겐하임에게

괴상한 안경을 낀 눈으로
하루 한 점씩 천재들을 만나고 사들이고
벽마다 광채를 걸고
나체로 지붕에 누워
직사광선 같은 사랑을 나눈 여자

억만장자는 단순해
예술과 섹스는 하나
질식할 만큼 많은 돈과 외로움
저녁 별처럼 나타났다 사라지는 연인들

끝내는 화폭이 아니라
몸에다 문신을 그린
갓 감옥에서 출소한 젊은 사내에게 빠져
그에게 빨간 페라리 사 주며 사랑했지만
그 사내 아우토반에서 어린 여자 태우고
과속으로 사라지자

통곡하며 급속도로 몰락에다 몸을 눕힌
초현실 같은 그녀의 전설

베네치아 미술관 희망 나무 아래 묻힌
세기의 콜렉터 페기에게
기어들어 가는 목소리로 물어보네
다행인지 불행인지 돈도 탕진도 없어
저절로 정숙한 여자가
감히 관능시를 써도 되느냐고

공항의 요로나*

그날 벗은 옷
나 다시 입지 않았어요
황금 늑대처럼 출렁이던 달빛 침대
입술 속을 헤엄치던 당신 머리칼
아직 살아 지느러미예요
당신의 숨결로 세공한
귓속의 암각화
아직 고딕체로 살아 있어요

핏빛 술잔 이 포도주
끝내는 깨지고 말겠지만
깨지기 위해 태어난 것이 아니라고
흔들리기 위해 태어난 것이라고
말해 주세요

비행기가 곧 이륙할 시간
따스한 이 살로 언제 다시 만날까요
시간은 맹독을 품어
검은 흙이 우리의 침대가 되겠지요

내 몸은 이미 당신의 뼈와 살로 된 신전
지상에 살아 있는 한
이 신전에는 더 이상
어떤 신神도 들어설 곳이 없을 거예요

* La Liorona: 멕시코 전설에 나오는 우는 여인.

내가 가장 예뻤을 때*

사내들은 거수경례밖에 모르고
내 나라는 전쟁에 졌다며
당신이 패전 도시에서 재즈를 흐느끼고 있을 때
나는 식민지가 남긴 폐허에서
빈 밥그릇 속의 궁핍을 살았지
숱한 피를 흘리고도
전쟁이 잠복된 반 토막의 반도
처녀 애들은 동상 걸린 손으로 공장으로 갔고
젊은 사내들은 같은 모국어를 쓰는 적에게
총구를 겨누려고 철책 끝으로 갔지
서투른 이데올로기를 목에 걸고
베트남 정글로 갔지
내가 가장 예뻤을 때
입술이 종아리가 얼마나 예쁜 줄도 몰랐지
늘 가시만 무성한 엉겅퀴였지
거리에는 백수들이 조악한 낭만주의로
호시탐탐 시대를 노리고
전쟁터에서 의수를 달고 돌아온 사내들은
하늘 향해 비명처럼 고함을 내지르곤 했지
통기타에 구제품 청바지를 입고

오줌같이 쓴 생맥주를 외상으로 마시고
젊음을 토악질했지
무능과 부패가 흐물거리는 거리에서
어린 구두닦이들이 색시를 알선했지
불의와 폭력에 대한 증오로 목 터지게
자유와 정의를 외치며 돌을 던졌지
최루탄 속에 눈물을 흘리다가
미니스커트를 입고 쫓기다가
무지한 전통이 혀를 날름거리고 있는
두려운 결혼 속으로 멋모르고 뛰어들었지
전쟁보다 정교하게 여성을 파괴시킨다는
결혼 외에는 어디에도 갈 데가 없었지
내가 가장 예뻤을 때

* 일본을 대표하는 여성 시인 이바라기 노리코(茨木のり子, 1926~2006)의 대
  표시. 그는 윤동주 시인을 발굴하였다.

딸아

따라* 따라 내 딸아
눈물에서 태어난 보석아

-

지난해 서울을 떠난 갈색 머리 제인은
연극을 하고, 영어를 가르치던 이방의 딸
초여름 한밤, 성폭행 당한 뒤
크리넥스에 증거를 닦아 들고
파출소로 뛰어간 여자
파출소에서 증거물 기계적으로 접수하는 사이
속으로 "옷차림이 야했던 거 아냐?"
"너도 좋았으면서 뭘" 하는 표정으로
골치 아픈 일 생겼다는 듯이
영어 서툰 척 시간을 끌자
증거물 그대로 쓰레기통에 던지고
다음날로 서울을 떠나 버린 여자
서울의 쓰레기통에는
피와 눈물을 닦아 남몰래 버린

따라들의 비명이 아직도 들려

-

따라 따라 내 딸아
눈물에서 태어난 보석아

* 따라(Tara, 多羅觀音): 범어(梵語). 우리말 '딸'의 어원.

천재들의 아내

스토리는 멜로의 근친이 되기 쉽지

뷔페 음식처럼 과장의 목걸이이지

하지만 불운한 두 천재들의 뮤즈?* 그녀의 스토리는

슬프고 빛나는 폭탄

내 보석 상자에서 지금도 숨 쉬는 뙤약볕이네

오랜 뉴욕 체류를 마치고 파리를 거쳐

서울로 돌아가는 참이었어

누군가 차갑고 도도한 그녀에게 나를 시인이라고 소개하자

이상도 하지, 순간 그녀가 몸을 돌렸지

마침 당신도 내일 파리에 갈 거라며 루브르에서 보자고 했어

그렇게 파리에서 그녀를 다시 만났지

센 강을 건너 카페에서 차를 마시며 식민지와 폐허를

좁은 골목들을 발이 아프게 따라 걸었지

도무지 한국 여인 족보에는 드문 오만한 지성

강렬하고 매혹적인 안목에 자주 발을 멈추었지

사람의 몸에 그렇게 많은 눈물이 있는 줄 몰랐다!고 말할 때

무희가 춤추는 지땅**의 연기를 길게 내뿜을 때

입술에서 떨어지는 슬픔의 독을 보고 말았지

폭풍처럼 사납고 은밀한 년대! 상어 이빨 같은

상처와 모더니티로 피어난 데카당의 꽃!

무엇이 먹고 싶어? 물었을 때 "센비키야의 멜론"이라며
눈을 감은 29세 시인 이상李箱의 요절을 안았던 그녀를 따라
초현실도 광기도 없이 도발적으로 패셔너블한
스카프를 목에 감은 나의 젊음은 산산조각 났지
수많은 푸른 점을 찍어 한 세계를 열다가 떠난
사랑하는 화가의 미술관을 세우고 있는 그녀가
건초 더미에 방화를 했던 여름
불타던 그녀의? 나의 머리칼!

* 변동림(1916~2004): 수필가. 1936년 시인 이상과 결혼. 1944년 화가 김환
  기와 재혼. 필명 김향안.
** 프랑스 담배.

4
—
여자들에게 가을이 왔다

곡비哭婢

사시사철 엉겅퀴처럼 푸르죽죽하던 옥례 엄마는
곡哭을 팔고 다니던 곡비哭婢였다

이 세상 가장 슬픈 사람들의 울음
천지가 진동하게 대신 울어 주고
그네 울음에 꺼져 버린 땅 밑으로
떨어지는 무수한 별똥 주워 먹고 살았다
그네의 허기 위로 쏟아지는 별똥 주워 먹으며
까무러칠 듯 울어 대는 곡哭소리에
이승에는 눈 못 감고 떠도는 죽음 하나도 없었다
저승으로 갈 사람 편히 떠나고
남은 이들만 잠시 서성일 뿐이었다

가장 아프고 가장 요염하게 울음 우는
옥례 엄마 머리 위에
하늘은 구멍마다 별똥 매달아 놓았다

그네의 울음은 언제 그칠 것인가
엉겅퀴 같은 옥례야, 우리 시인의 딸아
너도 어서 전문적으로 우는 법 깨져야 하리

이 세상 사람들의 울음

까무러치게 대신 우는 법

알아야 하리

식기를 닦으며

식기를 닦는다

이 식기를 내가 이렇게
천 번을 닦아
이것이 혹은
백자가 된다면
나는 만 번을 닦으리라

그러나
천 번을 닦아도 식기인 식기
일상이나 씻어 내는 식기인 식기를 닦으며
내 젊은 피 닳히고 있느니

훗날 어느 두터운 무덤 있어
이 불길 덮을 수 있으랴

처용 아내의 노래

아직도 저를 간통녀로 알고 계시나요
허긴 천 년 동안 이 땅은 남자들 세상이었으니까요
그러나 서라벌엔 참 눈물겨운 게 많아요
석불 앞에 여인들이 기도 올리면
한겨울에 꽃비가 오기도 하고
쇠로 만든 종소리 속에
어린 딸의 울음이 살아 있기도 하답니다
우리는 워낙 금슬 좋기로 소문난 부부
하지만 저는 원래 약골인 데다 몸엔 늘 이슬이 비쳐
부부 사이를 만 리나 떼어 놓았지요
아시다시피 제 남편 처용랑은 기운찬 사내
제가 안고 있는 병을 샛서방처럼이나 미워했다오
그날 밤도 자리 펴고 막 누우려다
아직도 몸을 하는 저를 보고 사립 밖으로 뛰어 나가
한바탕 춤을 추더라구요
그이가 달빛 속에 춤을 추고 있을 때
마침 저는 설핏 잠이 들었는데
아마도 제가 끌어안은 개짐이
털 난 역신처럼 보였던가 봐요
그래서 한바탕 또 노래를 불렀는데

그것이 바로 처용가랍니다
사람들은 역신과 자고 있는 아내를 보고도
노래 부르고 춤을 추는 처용의
여유와 담대와 관용을 기리며
그날부터 부엌이건 우물이건 질병이 도는 곳에
처용가를 써 붙이고 야단이지만
사실 그날 밤 제가 안고 뒹군 것은
한 달에 한 번 여자를 찾아오는
삼신 할머니의 빨간 몸 손님이었던 건
누구보다 제 남편 처용랑이 잘 알아요
이 땅, 천 년의 남자들만 모를 뿐
천 년 동안 처용가 부르며 낄낄대고 웃을 뿐

남자를 위하여

남자들은
딸을 낳아 아버지가 될 때
비로소 자신 속에서 으르렁거리던 짐승과
결별한다
딸의 아랫도리를 바라보며
신이 나오는 길을 알게 된다
아기가 나오는 곳이
바로 신이 나오는 곳임을 깨닫고
문득 부끄러워 얼굴 붉힌다
딸에게 뽀뽀를 하며
자신의 수염이 때로 독가시였음도 안다
남자들은
딸을 낳아 아버지가 될 때
비로소 자신 속에서 으르렁거리던 짐승과
화해한다
아름다운 어른이 된다

다시 남자를 위하여

요새는 왜 사나이를 만나기가 힘들지
싱싱하게 몸부림치는
가물치처럼 온몸을 던져 오는
거대한 파도를……

몰래 숨어 해치우는
누우렇고 나약한 잡것들뿐
눈에 띌까, 어슬렁거리는 초라한 잡종들뿐
눈부신 야생마는 만나기가 어렵지

여권 운동가들이 저지른 일 중에
가장 큰 실수는
바로 세상에서
멋진 잡놈들을 추방해 버린 것은 아닐까
핑계 대기 쉬운 말로 산업사회 탓인가
그들의 빛나는 이빨을 뽑아내고
그들의 거친 머리칼을 솎아내고
그들의 발에 제지의 쇠고리를
채워 버린 것은 누구일까

그건 너무 슬픈 일이야
여자들은 누구나 마음속 깊이
야성의 사나이를 만나고 싶어 하는걸
갈증처럼 바람둥이에게 휘말려
한평생을 던져 버리고 싶은 걸
안토니우스 시저 그리고
안록산에게 무너진 현종을 봐
그뿐인가, 나폴레옹 너는 뭐며 심지어
돈주앙, 변학도, 그 끝없는 식욕을
여자들이 얼마나 사랑한다는 걸 알고 있어?

그런데 어찌된 일이야. 요새는
비겁하게 치마 속으로 손을 들이미는
때 묻고 약아빠진 졸개들은 많은데

불꽃을 찾아 온 사막을 헤매며
검은 눈썹을 태우는
진짜 멋지고 당당한 잡놈은
멸종 위기네

선글라스를 끼고

아무것도 안 하고 그냥 있었는데
내게 가을이 왔다. 이 먼 곳까지
저 혼자 찾아왔다
거칠은 목장에서 낮에는 가축들과 싸우고
밤에는 할 수 없이 시를 쓰던
튼튼한 서부 여자들의 익명 시집 속에서 일어나
거리에 나서니 제멋대로 가을이 나를 따라온다
시티은행 지붕에는 오늘의 날씨가
섭씨와 화씨로 친절하게 게시되고
빌어먹을, 날씨만 좋으면 뭐하나
날씨에 맞는 일도 좀 있어야지
나는 선글라스를 좋아해, 이걸 쓰면 뭐 같거든
벤치에 앉아 오리아나 팔라치*의 연애에 빠져 있던
줄리엣도 검은 안경을 불현듯 꺼내 쓰고
나를 따라나선다. 권총을 숨기고
일 저지를 악당들처럼 씩씩하게
크린튼 거리를 걷는다
가만히 서 있어도 눈시울에
엷은 소금기 맺혀 오는 가을날
서양 계집애와 나는 선글라스를 끼고 걷는다

필생의 동지처럼 어깨를 부비며
큰일 났다 여자들에게 가을이 왔다

* Oriana Fallaci: 독재에 맞섰던 이탈리아 출신 여성 저널리스트(1929~2006).

늙은 여자

― 미행

반바지 입고 통부츠 신고
머플러를 휘날리며
카페에서 라떼를 마시고
새로 생긴 상점에서 조개 비누를 사고
돌아오는 길
쇼윈도에서 잠시 얼굴을 비춰 보는 사이
드디어 꼬리를 잡고 말았다
저 여자, 언제부터인가 나를 미행하는
웬 늙은 여자
이미 한 철은 더 가 버린 여자
줄기차게 나를 따라다니며
기를 꺾어 놓는
낯선 여자의 꼬리를 잡고 말았다
어떻게 저 여자를 따돌려 놓고
다시 젊은 내 고향으로 돌아갈 수 있을까
그녀에게 내 노래의 도끼를 쥐어 주고
차라리 나 대신
밤마다 슬픈 울음을 허공에 새기는
시인이 되게 할까

머플러

내가 그녀의 어깨를 감싸고 길에 나서면
사람들은 멋있다고 말하지만
나는 그녀의 상처를 덮는 날개입니다
쓰라린 불구를 가리는 붕대입니다
물푸레나무처럼 늘 당당한 그녀에게도
간혹 아랍 여자의 차도르 같은
보호 벽이 필요했던 것은 아닐까요
처음엔 보호이지만
결국엔 감옥
어쩌면 어서 벗어던져도 좋을
허울인지도 모릅니다

아닙니다 바람 부는 날이 아니라도
내가 그녀의 어깨를 감싸고 길에 나서면
사람들은 멋있다고 말하지만
미친 황소 앞에 펄럭이는
투우사의 망토처럼
나는 세상을 향해 싸움을 거는
그녀의 깃발입니다
기억처럼 내려앉은 따스한 노을
잊지 못할 어떤 체온입니다

물을 만드는 여자

딸아, 아무 데나 서서 오줌을 누지 마라
푸른 나무 아래 앉아서 가만가만 누어라
아름다운 네 몸속의 강물이 따스한 리듬을 타고
흙 속에 스미는 소리에 귀 기울여 보아라
그 소리에 세상의 풀들이 무성히 자라고
네가 대지의 어머니가 되어 가는 소리를

때때로 편견처럼 완강한 바위에다
오줌을 갈겨 주고 싶을 때도 있겠지만
그럴 때일수록
제의를 치르듯 조용히 치마를 걷어 올리고
보름달 탐스러운 네 하초를 대지에다 살짝 대어라
그러고는 쉬이쉬이 네 몸속의 강물이
따스한 리듬을 타고 흙 속에 스밀 때
비로소 너와 대지가 한 몸이 되는 소리를 들어 보아라
푸른 생명들이 환호하는 소리를 들어 보아라
내 귀한 여자야

공항에서 쓸 편지

여보, 일 년만 나를 찾지 말아 주세요
나 지금 결혼 안식년 휴가 떠나요
그날 우리 둘이 나란히 서서
기쁠 때나 슬플 때나 함께하겠다고
혼인 서약을 한 후
여기까지 용케 잘 왔어요
사막에 오아시스가 있고
아니 오아시스가 사막을 가졌던가요
아무튼 우리는 그 안에다 잔뿌리를 내리고
가지들도 제법 무성히 키웠어요
하지만, 일 년만 나를 찾지 말아주세요
병사에게도 휴가가 있고
노동자에게도 휴식이 있잖아요
조용한 학자들조차도
재충전을 위해 안식년을 떠나듯이
이제 내가 나에게 안식년을 줍니다
여보, 일 년만 나를 찾지 말아 주세요
내가 나를 찾아가지고 올 테니까요

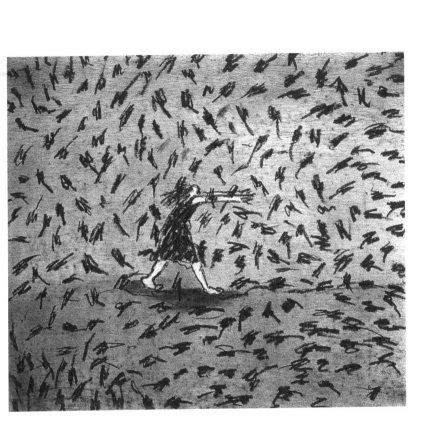

화장을 하며

입술을 자주색으로 칠하고 나니
거울 속에 속국의 공주가 앉아 있다
내 작은 얼굴은 국제 자본의 각축장
거상들이 만든 허구의 드라마가
명실공히 그 절정을 이룬다
좁은 영토에 만국기 펄럭인다

금년 가을 유행색은 섹시브라운
샤넬이 지시하는 대로 볼연지를 칠하고
예쁜 여자의 신화 속에
스스로를 가두니
이만하면 음모는 제법 완성된 셈
가끔 소스라치며
자신 속의 노예를 깨우치지만
매혹의 인공향과 부드러운 색조가 만든
착시는 이미 저항을 잃은 지 오래다

시간을 손으로 막기 위해 육체란
이렇듯 슬픈 향을 찍어 발라야 하는 것일까
안간힘처럼 에스테 로더의 아이라이너로

검은 철책을 두르고

디오르 한 방울을 귀밑에 살짝 뿌려 마무리한 후

드디어 외출 준비를 마친 속국의 여자는

비극 배우처럼 서서히 몸을 일으킨다

꽃의 선언

내가 원하는 방식대로
나의 성性을 사용할 것이며
국가에서 관리하거나
조상이 간섭하지 못하게 할 것이다
사상이 함부로 손을 넣지 못하게 할 것이며
누구를 계몽하거나 선전하거나
어떤 경우에도
돈으로 환산하지 못하게 할 것이다
정녕 아름답거나 착한 척도 하지 않을 것이며
도통하지 않을 것이며
그냥 내 육체를 내가 소유할 것이다
하늘 아래
시의 나라에
내가 피어 있다

독수리의 시

눈알 속에 불이 담긴 맹금
나는 부리로 허공을 쪼던 독수리였는지도 몰라

나는 칼 잡은 여자!
도마 위에 날것을 얹어 놓고 수없는 상처를 내고
자르고 썰고 토막 치고 살았지
불로 끓이고 지지고 볶고 살았지

나는 한 달에 한 번 피를 보는 여자!
제 몸을 찢어 아이를 낳아 사람으로 키우지
내가 시인이 된 것은 당연한 일
다리미가 뜨거워지기를 기다리는 동안 책을 읽고*
찌개가 끓는 동안 글을 썼지
밤이 되면 남자가 아니라
허물 벗은 자신의 맨살을 만지며
김치의 숙성처럼 스스로 익어 가는 목소리를 기다렸지

나는 알고 있지
적과 동지를 구별하는 기교가 아니라
내가 나를 키우는 자궁의 시간을

그 무엇도 아닌 자신의 피로 쓰는

천 년 독수리의 시 쓰는 법을

* 미국의 여성 시인 에이드리언 리치(Adrienne Rich)의 시 구절.

여시인

여시인으로 사는 것은
몸 없이 섹스를 파는 것인지도 몰라

아무리 깊고 아름다운 시를 써도
사람들은 시보다는
시 속에서 그녀만을 좀 맛보려 하지

그녀의 시 속에
새 아이가 숨 쉬고 있는 것도 모르지

여시인의 독자는 신神!
그의 박수가 조금 있기는 하지

나의 펜

나의 펜은 페니스가 아니다
나의 펜은 피다

하늘이여 새여
먹어라

아냐! 여기 있다
나의 암흑
나의 몸
새 땅이다

너에게 주는 선물이다

두 번은 없다

결혼한 독신녀

쉬잇! 조용히 해 주세요
실수하는 재미도 없으면 무슨 인생인가요
상처와 고통이 혀를 태우는
매운 양념으로 비빔밥을 버무리어 땀 흘리며 먹는 것
이것이 결혼인지도 모르겠어요

우연과 우행으로 덜컹거리며
사막도 식민지도 아닌 땅을 걸어가며
어버버! 입술을 더듬거리며
모래바람 끝도 없는 질문 하나 들고
사방을 두리번거리는 것
이것이 행복인지도 모르겠어요

황소 등에 올라탄 쥐처럼 살기 싫어
황소처럼 가다 보니
결혼한 독신녀가 주소입니다

무임승차 비슷하게 따라다니며 밥을 나눠 먹고
가끔 창밖을 함께 바라보는 것도 괜찮을까요
무엇이건 예고도 없이 종점이 다가들고 말겠지만요

나의 도서관

책마다 페이지마다
광활한 폐허
이 도서관에 들어서려면
방문객은
자칫 길을 잃기 쉽다

남자보다 작고 아이보다 큰
여자 도서관이라고?

실은 아버지도 스승도 없고
심지어 연인도 없다
딸도 아니고 아내도 아니다

비와 안개
돌기한 산봉우리를 넘어
홀로 만든
나의 도서관
만 권의 비명과 독백
만 권의 사랑이 담긴 산맥이다

물방울로 생명을 만든

발원지

길고 긴 강물에 지은

궁전 이야기가 있다

시인의 말

『내 몸속의 새를 꺼내주세요』를 내보내며

슬프고 아름다운 여성을 생명의 원형이라고 생각한다. 자유와
고독의 새가 바닷가 검은 바위를 향해 온몸을 부딪칠 때 생겨
나는 파도를 나는 아름다움이라고, 창조라고 부른다.

『내 몸속의 새를 꺼내주세요』
김원숙 화백의 그림으로 인해 눈부시게 아름다운 시집이 태어
났다. 원래 이 제목은 엄혹한 시절을 감옥에서 보내고 해맑은
모습으로 출소한 작가 S가 펴낸 내 연시집의 제목이었다. 물론
시집 내용은 다르다. 제목도 그때는 '내 몸속의'가 아니라 '제
몸속에 살고 있는'이었다. S는 지금 인도에 있다. 그 우정들을
잠시 떠올리고 싶다.

화가 김원숙을 만난 것은 어느 가을 서울에서였다. 나는 그녀
에게서 대뜸 힘차고 자유로운 새의 냄새를 맡았다. 그리고 뉴
욕에서 다시 그녀를 만났을 때, 그녀는 유엔이 선정한 올해의
예술가였다. 신라의 시조 박혁거세의 어머니 사소娑蘇가 새를
안고 있는 그림이 미국의 우표가 되어 있었다.

일찍이 유학을 한 탓에 한국에서 산 시간보다 더 많은 시간을
미국에서 보냈지만, 그녀의 가슴속에는 반짝이는 보석이 가득

했다. 실은 수많은 슬픔과 외로움이 있을 테지만 그녀는 누구보다 탁월하고 흔쾌하고 순수했다.

나는 알았다. 자유와 고독은 생명의 힘이고, 슬픔은 아름다움과 동의어였다.

지난봄, 뉴욕 소호의 유명 갤러리에 걸린 그녀의 대작들을 보며 나는 그녀가 세계의 어느 산정을 걷고 있는지를 짐작할 수 있었다. "이 시집이 시화집이 아니라, 제 그림이 그냥 문정희 시의 배경이 되기를 바랍니다"라고 말하는 그녀를 보며 나는 또 한 번 그녀가 열어젖힌 큰 문을 확인했다.

파람북출판사의 정해종 시인이 지극한 정성으로 만든 시집 『내 몸속의 새를 꺼내주세요』를 뜨거이 가슴에 안는다. 시인이라는 이름으로 산 지 캘린더로는 50년이다. "오마주!"라는 말과 함께 그는 참을 수 없이 아름다운 이 시집을 만들어주었다. 시를 쓴 것밖에 한 일이 없는 내게 두루 넘치는 사랑이다. 감사하고 황홀하다는 말 외에 무슨 말을 더하랴.

2018년 가을
문정희

화가의 말

그녀와 함께했던 감격의 순간들

처음엔 한 시인과 한 화가의 우연한 만남이었다.

문정희 시인은 그날 나로서는 쉽게 소화 못 할 머플러를 제사장처럼 윗몸에 획 두르고 긴 파마머리를 한껏 풀어헤치고 나타났다. 보기 드물게 강렬한 자유혼을 지닌 멋쟁이였다. 그렇게 만난 그녀와 나는 하루 같기도 한 긴 세월을 태평양을 사이에 두고 마치 개울물을 첨벙거리듯이 들락거리며 즐겁게, 깊게 살아왔다. 그 사이 그녀는 번득이는 열정과 감각으로 세계 속의 시인이 되었다.

문정희 시인을 만난 것은 참 행운이라고 생각한다. 길을 가다가 보석을 주운 것 같다. 뉴욕 학스 출판사에서 낸 그녀의 시집 『윈드플라워Windflower』의 표지를 번역자 최월희 교수의 특청으로 내가 그렸던 것이 벌써 오래전 일이 되었다. 여인이 커다란 달항아리를 들여다보는 그림이었다.

이 시집은 그때 맨해튼의 인문 서점인 세인트마크 북샵과 메트로폴리탄 박물관 쇼윈도에도 내걸렸다. 우리는 점령군들처럼 환호작약했다.

스페인에서 나온 시집 『카르마의 바다』와 인도네시아 그라메디아 출판그룹에서 나온 한국 시인 최초의 시집 『물을 만드는 여자』도 함께 작업했다. 그녀가 엮은 황진이를 비롯한 옛 한국의 기녀 시집에다 나는 댓돌 위에 가지런한 여인의 신발을 그려주었다. 정말 행복한 작업이었다.

사실 나는 늘 그녀의 거울에 비친 내 모습이 마음에 들었다. 지금도 그 거울 앞에 서서 우리가 함께 보낸 시간들을 노을처럼 바라보고 있다.

아름다운 자리에 함께하는 기쁨이 말할 수 없이 크다.

2018년 가을 뉴욕에서
김원숙

인용 시집

『문정희시집』(1973)
『혼자 무너지는 종소리』(1984)
『찔레』(1985)
『하늘보다 먼 곳에 매인 그네』(1988)
『별이 뜨면 슬픔도 향기롭다』(1993)
『남자를 위하여』(1996)
『오라, 거짓 사랑아』(2001)
『양귀비꽃 머리에 꽂고』(2004)
『다산의 처녀』(2010)
『응』(2014)
『나는 문이다』(2016)
『작가의 사랑』(2018)

문정희 시집
내 몸속의 새를 꺼내주세요

초 판 1쇄 발행 2018년 10월 25일
개정판 1쇄 발행 2021년 4월 20일

지은이 문정희
그린이 김원숙
펴낸이 정해종
디자인 유혜현

펴낸곳 ㈜파람북
출판등록 2018년 4월 30일 제2018-000126호
주소 서울특별시 마포구 양화로 12길 8-9, 2층
전자우편 info@parambook.co.kr **인스타그램** @param.book
페이스북 www.facebook.com/parambook/ **네이버 포스트** m.post.naver.com/parambook
대표전화 (편집) 02-2038-2633 (마케팅) 070-4353-0561

ISBN 979-11-90052-66-5 03810
책값은 뒤표지에 있습니다.